folio benjamin

Pour Tom

TRADUCTION DE ANNE DE BOUCHONY

ISBN : 2-07-054822-8
Titre original : *Zagazoo*
Publié par Jonathan Cape Children's Books, Random House, Londres

Numéro d'édition: 03979
Loi n° 46-956 du 16 juillet 1949
sur les publications destinées à la jeunesse
Dépôt légal: octobre 2001
Imprimé en Italie par Editoriale Lloyd
Réalisation Octavo

Quentin Blake

Zagazou

GALLIMARD JEUNESSE

Il était une fois un couple heureux.
Ils s'appelaient Georges et Bella.

Ils construisaient des maquettes d'avion…

ils époussetaient…

… et mangeaient des glaces vanille-fraise.

Un jour, le facteur leur livra
un colis de forme bizarre.

Ils le déballèrent ensemble.

Il contenait une petite créature
toute rose, vraiment très mignonne.
On y avait joint une étiquette qui disait :

SON NOM EST ZAGAZOU.

Zagazou était absolument adorable.
Georges et Bella passaient des jours heureux
à se le lancer de l'un à l'autre.

Zagazou n'était peut-être
pas tout à fait parfait.

Mais
son charmant
sourire réparait tout…

… et Georges et Bella continuaient
à se le lancer gaiement de l'un à l'autre,
de plus en plus haut.
C'était une vie merveilleuse.

ET PUIS UN JOUR…

En se levant le matin, Georges et Bella découvrirent que Zagazou s'était transformé en bébé vautour, un énorme bébé vautour.

Ses cris étaient terrifiants.

Ils étaient encore pires la nuit.

« Qu'allons-nous faire ? dit Georges.
Comment allons-nous supporter cela ? »

MAIS ALORS...

Ils se levèrent un matin
et découvrirent que Zagazou
s'était transformé en petit éléphant.

Il se cognait contre les meubles.

Il tirait la nappe de la table.

Il mettait en bouche tout ce qui était
à la portée de sa trompe.
« C’est épouvantable, dit Bella.
Comment allons-nous faire ? »

MAIS ALORS…

Un matin, ils se levèrent et découvrirent que Zagazou s'était transformé en phacochère.

Il se roulait dans tout ce qui ressemblait
à de la boue et le rapportait à la maison
en courant dans tous les sens.
« C'est insupportable, dit Georges.
Jusqu'à quand cela va-t-il durer ? »

MAIS ALORS…

Ils se levèrent un matin et découvrirent
que Zagazou s'était transformé
en petit dragon coléreux.

Il brûla le tapis.

Il mit le feu au cardigan d'une vieille dame
qui était venue vendre des tickets
de tombola.

« C’est atroce, dit Bella.
Il va réduire la maison
en cendres en un rien
de temps. »

MAIS ALORS…

Ils se levèrent un matin
et découvrirent que Zagazou
s'était transformé en chauve-
souris qui pendait aux rideaux
en hurlant.

Puis le lendemain, il était redevenu
phacochère.

Et puis certains jours, il redevenait éléphant…

et certains jours, dragon coléreux.

« Il va nous rendre fous, dit Bella.
Si au moins il pouvait se fixer un peu… »

MAIS ALORS…

Un matin, ils se levèrent et Zagazou
s'était transformé en étrange créature hirsute.

« Oh ! là ! là ! dit Bella. Je préférais l'éléphant.
– Ou même le phacochère », dit Georges.

Chaque jour la créature devenait
plus grande… et plus hirsute…
et plus étrange.

« Imagine que cela ne s'arrête jamais », dit Bella.

« Ne dis pas cela ! dit Georges.
J'en ai déjà des cheveux blancs.

Qu'allons-nous devenir ? »

MAIS ALORS…

Un matin, Georges et Bella se levèrent
et découvrirent que Zagazou s'était transformé
en jeune homme aux manières impeccables.

« Assieds-toi,
je t'en prie,
Maman, dit-il.

J'ai préparé
votre petit-déjeuner.

Et si vous avez quelque chose
à me faire faire, surtout, dites-le moi. »

Zagazou devint rapidement ami
avec une jeune fille appelée Mirabelle.

Ils s'aperçurent qu'ils aimaient
tous les deux réparer les motos…

s'initier à l'art floral…

et déguster de la salade de fruits.

Ils réalisèrent très vite
qu'ils voulaient passer
le reste de leur vie
ensemble.

Mais lorsqu'ils voulurent aller l'annoncer à Georges et à Bella, ils découvrirent que ceux-ci s'étaient transformés en deux grands pélicans bruns.

Il était évident que la nouvelle leur faisait très plaisir par la façon dont ils claquèrent du bec.

Comme c'est étonnant, la vie !

Fin

L'AUTEUR - ILLUSTRATEUR

Né en 1932 en Angleterre, **Quentin Blake** dessine déjà depuis toujours lorsqu'il publie son premier dessin dans le vénérable magazine satirique anglais *Punch* à l'âge de 16 ans ! Il fait des études de littérature à l'Université de Cambridge. Par la suite, il continue à étudier le desssin et travaille pour la presse, comme illustrateur et caricaturiste.
En 1960, il publie son premier livre pour enfants, en tandem avec John Yeoman. Suivront, depuis plus de trente ans, de nombreux autres titres, dont, chez Gallimard, *Le Chat ne sachant pas chasser*, *La Maison que Jack a bâtie*, *Monsieur Fernand et Mademoiselle Estelle*.
Sa collaboration avec Roald Dahl, dont il deviendra le principal illustrateur, commence en 1978, année de la publication de *L'Énorme Crocodile*. Ensemble, ils donneront vie à d'illustres personnages comme *Matilda*, *Les Deux Gredins*, *Le Bon Gros Géant*...
Quentin Blake a également illustré de nombreux autres grands auteurs britanniques contemporains ou classiques. Enfin, il écrit et dessine aussi ses propres histoires : *Armeline Fourchedrue*, *Les Cacatoès*, *Clown*, *C'est génial !* *Le Bateau vert*, *Mimi Artichaut*, *Zagazou* sont aussi devenus des «classiques» de la littérature enfantine, récompensés par de nombreux prix.
Pendant treize ans il enseigne l'illustration aux étudiants triés sur le volet du prestigieux *Royal College of Art* qu'il dirigera ensuite pendant 10 ans, avant de se consacrer totalement à l'illustration et à toutes les activités qui en découlent.

Quentin Blake a créé plus de deux cents livres – un rythme moyen de six livres par an ! – devenant l'une des figures emblématiques de l'illustration en Grande-Bretagne, en France et dans le monde entier, admiré par des générations d'illustrateurs. En 1988, il est décoré par la Reine d'Angleterre de la médaille de l'Ordre de l'Empire Britannique pour l'ensemble de son œuvre. Devenu en 1999 le premier Ambassadeur du livre pour enfant, il donne à cette fonction, soutenue par le gouvernement britannique, ses lettres de noblesse et élabore, pendant les deux ans que dure son «mandat», de nombreux projets (livres, expositions, conférences...) pour promouvoir la littérature de jeunesse. Il organise en particulier une magnifique exposition sur l'art et l'illustration spécialement destinée aux enfants à la National Gallery de Londres, le «Louvre anglais». Quentin Blake partage sa vie entre Londres et sa maison de l'Ouest de la France.

folio benjamin

Si tu as aimé cette histoire de
Quentin Blake, découvre aussi :

Et dans la même collection :

folio benjamin

Le chat et le diable 65
écrit par James Joyce
et illustré par Roger Blachon
J'aime pas lire ! 66
écrit par Rita Marshall
et illustré par Étienne Delessert
Il y a un cauchemar dans mon placard 22
Il y a un alligator sous mon lit 67
écrits et illustrés par Mercer Mayer
Drôle de zoo ! 68
écrit par Georgess McHargue
et illustré par Michael Foreman
Bernard et le monstre 69
Noirs et blancs 70
écrits et illustrés par McKee David
Le trésor de la momie 23
écrit par Kate McMullan
et illustré par Jeff Spackman
Oh là là ! 19
Fou de football 24
Voyons... 25
But ! 71
Tout à coup ! 72
écrits et illustrés par Colin McNaughton
Mon arbre 74
écrit et illustré par Gerda Muller
Trois histoires pour frémir 75
écrit par Jane O'Connor
et illustré par Brian Karas
La sorcière aux trois crapauds 26
écrit par Hiawyn Oram
et illustré par Ruth Brown
Blaireau a des soucis 76
Princesse Camomille 77
écrits par Hiawyn Oram
et illustrés par Susan Varley
Rendez-moi mes poux ! 9
La belle lisse poire
du prince de Motordu 27
Le petit Motordu 28
Au loup tordu ! 78
Moi, ma grand-mère... 79
Motordu papa 80
écrits et illustrés par Pef
L'opéra de la lune 81
écrit par Jacques Prévert
illustré par Jacqueline Duhême
Les aventures de Johnny Mouton 29
écrit et illustré par James Proimos
Pierre et le loup 30
écrit par Serge Prokofiev
et illustré par Erna Voigt
Je veux mon p'tipot ! 31
Je veux une petite sœur ! 32
Le garçon qui criait : «au loup» ! 33
Adrien qui ne fait rien 82
Attends que je t'attrape ! 83
Je veux grandir ! 84
Je veux manger ! 85
écrits et illustrés par Tony Ross
Amos et Boris 86
Irène la courageuse 87
La surprenante histoire
du Docteur De Soto 88
écrits et illustrés par William Steig
Au revoir Blaireau 34
écrit et illustré par Susan Varley
Tigrou 89
écrit et illustré par Charlotte Voake
Vers l'Ouest 90
écrit par Martin Waddell
et illustré par Philippe Dupasquier
Chut, chut, Charlotte ! 1
Le sac à disparaître 35
écrits et illustrés par Rosemary Wells
Alice sourit 91
écrit par Jeanne Willis
et illustré par Tony Ross
Bébé Monstre 92
écrit par Jeanne Willis
et illustré par Susan Varley
Mathilde et le fantôme 55
écrit par Gage Wilson
et illustré par Marylin Hafner
Mon bébé 6
écrit et illustré par Jeanette Winter
Blorp sur une étrange planète 36
écrit et illustré par Dan Yaccarino
Le chat ne sachant pas chasser 93
La maison que Jack a bâtie 94
écrits par John Yeoman
et illustrés par Quentin Blake